Der Dieb von Cordoba

Der Dieb von Cordoba

Johannes Hewig

Impressum.

Bibliografische Information der Deutschen Nationalbibliothek: Die Deutsche Nationalbibliothek ver-
zeichnet diese Publikation in der Deutschen National-
bibliografie; detaillierte bibliografische Daten sind im
Internet über dnb.dnb.de abrufbar.

Herstellung und Verlag: BoD – Books on Demand,
Norderstedt.

ISBN: 978-3-7448-6876-1

Für meine Frau.

Inhaltsverzeichnis:

1. Prolog

„Ich will dir ein Liebesmittel zeigen ohne einen Trank, ohne ein Kraut, ohne Spruch irgendeiner Zauberin: Willst du geliebt sein, so liebe."
Seneca: Vom glückseligen Leben.

Es war einmal ein Junge. Er war ein hageres Bürschchen. Was es ihm an Kraft und Gewicht fehlte, das machte er an Schnelligkeit in Kopf und Körper wett. Die hagere Statur war dem Mangel zuzuschreiben, den seine Familie litt. Sie lebten in einem kleinen Häuschen am Rande von Cordoba, das dem Kalifat der Almohaden angehörte. Er sammelte Holz, tat hier und dort einen Botendienst, half bei den Gerbern – eine wenig beliebte Arbeit – oder mühte sich verbotenerweise mal einen Fisch aus den tiefen Wassern des Guadalquivir zu holen, um ihn zu verkaufen. Er versuchte sich den Händlerkarawanen als Helfer anzudienen oder im Gewimmel des Basars etwas zu erhaschen, das jemand anderes besaß. Letzteres war die gefährlichste seiner Unternehmungen. Da all dies keine große Zukunft versprach, hatte seine Mutter ihren Bruder gebeten, den jungen Ali einzustellen.

Sein Vater war früh verstorben. Um ihre Kinder nicht unversorgt zu wissen, heiratete seine Mutter einen Kriegsveteranen, einen der Soldaten aus Marrakesch, die ihren Glaubensbrüdern zu Hilfe geeilt waren. Für den Jungen war dies nicht erfreulich. Zumal der im Krieg verwundete Stiefvater die ihm zustehende Pension in Teehäusern verprasste. So

9

musste er selbst für sich und seine beiden jüngeren Geschwister sorgen – denn die neuen Geschwister, die seit seine Mutter wieder geheiratet hatte, geboren worden waren, hatten die Geburt nicht überlebt oder waren alle früh gestorben. Das wenige, das er zusammen mit den anderen Jungen auf der Straße verdiente oder stahl, nahm ihm der Stiefvater häufig ab, immer dann, wenn er ihn zu fassen kriegte.

Sie lebten in der südlichen Vorstadt, eine Tatsache, die seinen Onkel, der in der Altstadt eine Teestube besaß, besonders störte und die er dem Stiefvater mehrmals vorgeworfen hatte. Wenigstens in der Axerqui, der östlichen Vorstadt sollte dieser die Familie unterbringen, insbesondere in diesen Zeiten, die in die Herrschaft des Kalifen Yaqub al-Mansur aus der Berberdynastie der Almohaden fielen. Denn immer wieder griffen die Christen das Kalifat von Norden an und die östliche Vorstadt al-Sarquiyya war ummauert mit einer Vormauer aus Erde und einer von einem Erdwall gekrönten inneren Mauer mit Steinfundamenten. Sein Onkel fand das müsse selbst einem Stiefvater das Wohl der ihm anvertrauten Kinder Wert sein. Der Stiefvater hatte entgegnet, dass die südliche Vorstadt den Vorteil habe, dass sie auf der Südseite des Flusses liege und die Christen den Guadalquivir nicht so leicht überqueren könnten, selbst wenn einmal eine Bande von Ihnen Cordoba erreichen sollte, was er bezweifle.

Sein Onkel hatte schließlich zugestimmt ihn zu beschäftigen, obwohl er für die Arbeit im Teehaus in der Medina – der Altstadt – noch recht jung war. Das

10

hatte dieser seiner Mutter zuliebe getan, denn sein Onkel hasste seinen Stiefvater dafür, dass es ihm nicht gelang, die Familie ausreichend zu versorgen. Der Grund dafür aber, dass er auch nach einiger Zeit immer noch im Teehaus seines Onkels half, war seine körperliche Begabung. Er war schnell und geschickt. Er balancierte auf dem Tablett die beiden Teetassen, die Zuckerdose, die Teekanne und etwas Gebäck. Mal wieder räumte Ali die leeren Tassen an einem der Tischchen ab und hörte den einen der Männer, die im Aufbruch schienen, schmunzelnd sagen: „…aber die süßesten Früchte finden sich gewiss im Garten des Alcazar." Ein zweiter Mann entgegnete: „Das mag stimmen, doch wie man so hört, bleiben sie gänzlich ungepflückt. Welch eine Vergeudung!" Die Männer lachten und erhoben sich. Ali schaute ihnen verwundert nach.

2. Im rot-weißen Säulenwald der Moschee

„Das Gefallen am Schönen und die Macht der Liebe sind etwas Natürliches, weder befohlen noch verboten, denn die Herzen stehen in Gottes Hand, und er wendet sie."
Ali Ibn Al Andaluzi Hazm, Wesir des Kalifen von Cordoba: Halsband der Taube.

Da hörte er die Stimme des Muezzins. Das Adhan begann. Allahu akbar. Rasch räumte er einige Tassen beiseite. Es begannen die Wiederholungen des hajja 'ala-salah. Kommt her zum Gebet. Freundlich wies er die Gäste darauf hin, dass es Zeit fürs Rakat, das Mittagsgebet sei, und holte den Gebetsteppich hervor. Alle Gäste waren schon entschwunden und er wartete ungeduldig auf seinen Onkel, der schließlich milde lächelnd herunterkam und mit ihm zur Moschee ging. Mit geneigtem Haupt begleitete er seinen Onkel durch die Pforte der Vergebung und betrat mit ihm den Orangenhof vor der Moschee. Sie begaben sich zur Wudhu. Wie jeden Tag mahnte sein Onkel: „Werde Dir der Absicht zur Reinheit gewahr!" Dann begann er mit den Händen die Waschungen. Als er schließlich auch mit dem Waschen des linken Fußes fertig war, sprach er gemeinsam mit dem Onkel: „Allah, mach mich zu einem der Reumütigen und mach mich zu einem sich Reinigenden". Sodann folgten sie den vielen Gläubigen ins Innere. Im letzten Moment wurde er beim Eintreten gewahr, dass er den falschen Fuß setzen wollte. Er zog ihn noch rechtzeitig zurück und betrat die Moschee mit dem rechten Fuß. Er trat ein und bestaunte wie jeden Tag den Wald aus schwarz-grauen Säulen und rot-weißen Bögen. Ein sanftes Gemurmel erfüllte die Moschee. Er setzte an, seinen Onkel etwas zu fragen. „Sei still jetzt und formuliere Deine Absicht zum Gebet!" So senkte Ali das Haupt und besann sich auf das Gebet.

Das Mittagsgebet begann. Allahu akbar. Zuweilen fielen Ali nicht die richtigen Worte ein und er murmelte ein Subhanallah, eine Lobpreisung, oder er versuchte zu lauschen und mit seinem Onkel mitzusprechen. Häufig war er von der Abfolge der Gebetshaltungen so gebannt, dass er kurz zu sprechen vergaß. Das aufrechte Stehen mit geöffneten Händen und das Verschränken der Arme, das Verbeugen, das sich Niederwerfen, Aufsitzen und den Kopf wenden jedoch gelangen ihm stets. „Im Namen Allahs, des Allerbarmers, des Barmherzigen, alle Lobpreisung gebührt Allah, dem Herrn der Welten, dem Allerbarmer, dem Barmherzigen, dem Herrscher am Tage des Gerichts. Dir allein dienen wir und Dich allein flehen wir um Hilfe an. Leite uns den rechten Pfad, den Pfad derer, denen Du gnädig bist, nicht derer, denen Du zürnst und nicht derer, die in die Irre gehen. Amen." Es folgte das Verbeugen, doch wieder fiel ihm der Text nicht ein und er murmelte erneut ein Subhanallah. Wo er im Text zuweilen fehlte so war er in den Haltungen und Bewegungen flüssig und präzise, ohne jeglichen Irrtum. Zum Ende sprach er noch seine Bitten: „O Allah, Du bist der Friede und der Friede ist von Dir. Gesegnet bist Du, o Herr von Erhabenheit und Ehre. O Allah, hilf mir, mich Deiner zu erinnern,

Dir zu danken und Dir aufs Beste zu dienen. O Allah, vergib mir meine Fehlbarkeit im Gebet und beschütze meine Geschwister und meine Mutter."

Eine Sache beschäftigte ihn nun schon seit einigen Tagen. Auf dem Rückweg wollte er daher seinen Onkel schon fragen, weshalb denn die Früchte im Garten des Alcazar ungepflückt blieben, doch dieser würde nur wieder mit ihm schimpfen, dass er die Gäste belausche und so ließ er es auf sich beruhen. Obgleich er dafür, dass er zuweilen etwas hörte, ja nichts konnte, fand er. Wenn sie nun einmal sprachen, während er in der Nähe war, war das ja nicht seine Schuld. Aber wenn er frug, würde er wohl heute keine Geschichte zu hören bekommen und das war das Schönste an seiner neuen Arbeit. Denn wenn nicht zu viel los war im Teehaus, dann erzählte sein Onkel ihm am Nachmittag zuweilen Geschichten aus hundertundeiner Nacht.

3. Das fahlgelbe Heim

„Die Liebe ist eine unheilbare Krankheit. Aber wer von ihr befallen ist, verlangt nicht nach Genesung, und wer daran leidet, will nicht gesunden."

Ali Ibn Al Andaluzi Hazm, Wesir des Kalifen von Cordoba: Halsband der Taube.

Noch auf dem Nachhauseweg beschäftigten ihn die Früchte des Palastgartens. Seine Geschwister und er selbst litten zuweilen Hunger und dort blieben Früchte ungepflückt. Dies konnte wohl kaum Allahs Wille sein, dachte er bei sich. Das gleißend helle Licht der Mittagssonne war dem weicheren, milderen Licht des späten Nachmittages gewichen. Er folgte der Straße, die die Altstadt mit der Brücke verband und zwischen der Moschee und dem Alcazar – dem ehemaligen Kalifenpalast und der jetzigen Residenz des Emirs - hindurchführte. An einem der rechteckigen wuchtigen Türme in der gewaltigen Mauer um den Palast hielt er inne, er blickte nach rechts daran hinauf und stellte sich die dahinterliegenden Gärten vor. Dann ging er weiter. Durch das mittlere der drei Tore durchquerte er die Verbindung zwischen der Moschee und dem Palast, welche es dem Emir und seiner Familie erlaubte, ungesehen direkt in die Moschee zu gelangen. Genau wie die zahllosen Bögen in der Moschee hatte diese Verbindung doppelte Bögen, die unteren, durch welche das gemeine Volk von der Brücke zur Stadt gelangte und die oberen, welche die Außenfassade des Verbindungsganges schmückten. Er

15

fragte sich, ob dies wohl eine verborgene Bedeutung hatte. Dann ließ er sich von der Menge treiben, die durch das Brückentor hinaus auf die Brücke strömte. Er fühlte sich wunderbar mit all den älteren Männern und Frauen nach getaner Arbeit heim zu gehen. Zufrieden blickte er auf die Wassermühlen und die noch weiter flussabwärts liegenden Handelsschiffe auf dem Guadalquivir. Er freute sich über die im Fluss spiegelnde Sonne und trat durch den Torbogen am Ende der Brücke, der sich zwischen den beiden wuchtigen Ecktürmen aufspannte. Noch einmal blickte er sich nach der goldgelb leuchtenden Altstadt um. Doch als er durch die ärmlichere, blassere südliche Vorstadt lief, verflog seine fröhliche Stimmung. Die Wirklichkeit holte ihn wieder ein.

Vorsichtig spähte er auf der Regentonne stehend durch das einzige Fensterchen in die Stube. Sein Stiefvater war nicht da. Das war gut, denn wenn er da war, dann schlug oder beleidigte er häufig seine Mutter, die dann zitternd und weinend in einer Ecke saß. Seine Mutter kniete vor dem Feuer, das sie gerade entfachte. Im Topf, der über dem Feuer hing, erspähte er ein paar Rübenstückchen, sonst nichts. Viel hatte auch er selbst heute nicht dabei. Sein Onkel würde ihm am Ende der Woche etwas für seine Hilfe geben. Er ging hinein und steckte jedem seiner Geschwister einen Haselnusskern zu. Seiner Mutter gab ihm einen Kuss auf die Stirn. Da kam die jüngere auf ihn zu und bat ihn um noch eine Nuss, doch er hatte keine mehr. Dicke Tränen kullerten über ihr Gesicht und die Unterlippe bebte, bevor sie zu weinen begann. Sie sank auf die Knie und schlug mit ihren kleinen Fäusten auf den Boden. Die Mutter hob sie schließlich auf und tröstete sie. Mit jeder Woche wurde Mutter trauriger. Sie war zäh, gab nicht auf, ertrug alles ihrer Kinder wegen, aber wie lange noch, fragte er sich, konnte sie dies durchstehen. Es galt etwas zu unternehmen.

Als die Kleinen schliefen, beschloss er, dass es so nicht weitergehen konnte. Alle waren hungrig geblieben, während der Stiefvater satt aus einem Teehaus wiedergekommen war, in welchem dieser den Großteil seiner Soldatenpension ausgab. Ali würde die ungepflückten Früchte holen. Es brauchte sie ja offenbar niemand, aber für seine Familie wären sie ein Segen. Sein Unterfangen wäre in früheren Zeiten ganz und gar hoffnungslos gewesen, doch jetzt herrschte ein mittlerweile unbedeutender Emir in einem für seine Verhältnisse viel zu großen ehemaligen Kalifenpalast, den es mit bescheidenen Mitteln zu unterhalten und zu bewachen galt. Davon hatte der Junge freilich keine Ahnung als er aufbrach, nachdem er sicher war, dass alle im Haus schliefen.

4. Der verbotene Garten

"Große Furcht wird durch Wagemut vertuscht."
Lucan: Pharsalia.

Er schlich sich im Licht des Mondes in der Nähe der Brücke ans Wasser. Im Schatten der Türme, die den Zugang zur Brücke bewachten, tauchte er ein in die kühlen Fluten des Guadalquivir. Er schwamm vorsichtig von einer Wassermühle zur nächsten und gelangte schließlich auf die andere Flussseite an die Mauer des Palastes. Er hatte noch die Stimmen der Männer im Ohr, deren Worte „die süßesten Früchte", „ungepflückt" und ihr kehliges Lachen. Er hatte sofort an die Stelle an der Palastmauer gedacht, an die sie sich als Kinder geschlichen hatten. Es war eine Mutprobe gewesen. Hier war man von Gestrüpp und der Uferböschung verdeckt und konnte von keinem der Türme gesehen werden. In der spätsommerlichen Wärme trockneten seine Kleider schnell. Jetzt musste er die efeubewachsene Mauer hinauf. Sein geringes Gewicht trugen die Ranken leicht und rasch war er oben angelangt und wartete. Eine Wache hörte er kommen und wieder verschwinden. Flink schwang er sich über die Mauer zwischen zwei Zinnen hindurch und ließ sich rasch hinunter in den Palastgarten. Er sah sich um, schlich von Baum zu Baum, konnte aber keine Obstbäume mit Früchten ausmachen. Er sah, dass der Palastgarten durch weitere Mauern unterteilt war und so machte er sich daran, erneut eine bewachsene, dünnere Trennmauer zwischen den Teilen

18

des Gartens zu erklettern. Um nicht oben auf der Mauer entdeckt zu werden, schwang er sich rasch darüber und ließ sich sofort hinabgeleiten. Unten angelangt blickte er sich um und erstarrte als er Gelächter hörte. „Hahaha, nein ich befinde, dass du vor dem Garten zu warten hast, Zofe", trällerte eine gutgelaunte Mädchenstimme. Ängstlich zog er sich an die Wand zurück und hoffte, im Schatten unentdeckt zu bleiben. Ein Gitter trennte seinen Teil des Gartens von demjenigen ab, in welchem nun eine weißgekleidete Gestalt erschien. Dort befand sich ein Bassin, in welchem sich das Mondlicht spiegelte. Ihm den Rücken zugewandt ließ die Gestalt das Gewand über ihre Schultern gleiten. Dunkle Haare fielen lang auf den Rücken hinab. Und das Mädchen stieg gänzlich nackt über Stufen in das Bassin. Sie schwamm einige Zeit, während er ängstlich bemüht war leise zu atmen. „Herrin? Bitte, bitte kommt wieder, ich bekomme sonst noch Schwierigkeiten!" „Gleich!" trällerte es aus dem Bassin. Dann schließlich sah er wie sie langsam über die im Bassin befindliche Treppe hinausstieg. Zuerst sah er ihr Gesicht. Sie war schön. Dann sah er ihre Brust und erkannte, dass sie kein Mädchen mehr war. Und zum ersten Mal in seinem Leben sah er eine Frau als Frau an. Wie ein Stich traf ihn ihr Anblick in die Brust und ein fremdes Kribbeln bemächtigte sich seines Bauches. Schließlich stand sie gänzlich nackt ihm zugewandt dort. Bei diesem Anblick atmete er unwillkürlich tief ein. Da sah sie ihn. Sie sah vor allem seine Augen und sie spürte das ihr zuvor unbekannte Interesse in seinem Blick. Sie spürte auf sie gerichtete

Begierde darin und eine seltsame Unruhe in ihrem Innern. Ihr wurde klar, dass er sie als Frau ansah. Nie hatte sie jemand so angesehen oder vielleicht so ansehen dürfen, so bewundernd und liebevoll. Sie machte wie von selbst einen Schritt auf ihn zu. Panik ergriff ihn plötzlich, er wollte losrennen, hatte sich aber in den Efeuranken verheddert und fiel der Länge nach auf den Bauch. Es gab einen leichten Knall und die junge Frau gab einen erschrockenen Laut von sich. „Herrin? Ist etwas?" Ängstlich, bittend blickte er zu ihr hinauf. Sie sah ihn gespannt an und sein warmer bittender Blick gefiel ihr, dann lächelte sie und rief der Zofe zu. „Es ist nichts. Keine Sorge." „Herrin? Ich komme herein." Rief diese. „Nein, nein, es ist nichts, ich komme schon. Warte auf mich!" Sie lockte ihn mit dem Finger zu sich heran und er wagte es, sich aufzurichten und bis ans Gitter vorwärts zu schleichen. „Kommst du morgen wieder?" Flüsterte sie ihm zu. Er nickte nur staunend. Dann drehte sie sich um, bückte sich, hob das Gewand auf und zog es über. Sie gab ihm ein Zeichen zurückzuweichen und verließ den Bassingarten durch die Tür. „Endlich!" hörte er die Zofe erleichtert ausrufen.

5. Das Teehaus in der Medina

„Verbrennt nur die Papiere! Die Gedanken sind feuerfest. Was ich erkannt, kommt dadurch nicht ins Wanken, dass ihr den Geist mit falschen Maßen messt."
Ali Ibn Al Andaluzi Hazm, Wesir des Kalifen von Cordoba: Als man seine Bücher verbrannte aus Diwan aus Al-Andaluz

Flink brachte er an einem wundervollen warmen Spätsommertag den Tee an einen Tisch mit zwei älteren Herren. Gewandt setzte er das Tablett ab und platzierte die Tassen mit fließenden, geschickten Bewegungen vor den beiden Gästen. Dann schenkte er zielsicher und geschmeidig ein. „Zucker?" fragte er den älteren Mann, der sehr gepflegt wirkte. Dieser nickte. Anschließend fragte er auch den anderen ein wenig jüngeren Mann, dennoch waren beide schon alt und ergraut. Der zweite Mann schüttelte lächelnd den Kopf und sagte. „Deine Arbeit über die Widerständigkeit der Körper gegen Beschleunigung hat mir ungemein gefallen." Der ältere erwiderte: „Danke, aber nun sage mir, wie geht es dir mein Freund?" „Nach getaner Arbeit im Palast komme ich erschöpft und hungrig zuhause an und dort sind die Vorzimmer überfüllt mit Kranken. Ich heile sie, schreibe Rezepte für ihre Erkrankungen bis zum späten Abend und werde immer schwächer." „Wie bist Du für einige Zeit entkommen?" „Ich bin schwer krank und niemand darf zu mir." Sagte der Jüngere lächelnd mit

einem Augenzwinkern. Dieser hatte einen unge-
wöhnlichen Akzent, fand Ali, der gerade einschenkte.
Er sprach fast wie ein konvertierter Jude, doch trug er
kein Zeichen, dachte Ali. „Und wie ist es in Lucena?"
„Nurmehr ein Schatten früherer Tage." Erwiderte der
Ältere und Ali war mit dem Servieren fertig und verließ den Tisch.

Der kleine gekachelte Innenhof mit seinen wenigen
kleinen Tischen war nun sein eigentliches Zuhause.
Die Gäste waren seine Welt. Er brachte den beiden älteren Männern etwas Gebäck. Ali liebte das Duftge-
misch von Tee und Gebäck. Der Ältere sprach gerade.
„Du bist eine der rühmlichen Ausnahmen von der Re-
gel, dass jemand entweder Verstand aber keine Religion oder Religion aber keinen Verstand hat." Der andere Mann schmunzelte und fragte: „Und sie haben
alle philosophischen Werke verbrannt?" Der Ältere
nickte und der Jüngere ergänzte. „Mit Vernunft be-
trachtet, ist natürlich der Ärger über das, was war
und nicht mehr ist, in jeder Hinsicht völlig nutzlos."
„Aber was ist mit der Zukunft. Die religiösen Eiferer
werden alles zerstören, was einst gut an dieser Stadt
war, soweit sie das nicht schon getan haben. Und
keine Stadt ist im Grunde anders als diese Stadt hier,
die uns so am Herzen liegt. Sie verlangen, dass jeder
Vers im Koran wortwörtlich zu verstehen sei. Allego-
rien und Metaphern sind ihnen gänzlich fremd." Der
Jüngere schmunzelte wieder. Ali wunderte sich über
das Gespräch der Herren ein wenig. War es nicht gefährlich über solche Dinge in dieser Weise zu sprechen? Er bediente an einem anderen Tisch und kam

auf dem Weg zur Teeküche wieder an dem Tisch vorbei und hörte den Älteren. „Deshalb fällt es ihnen wohl auch so leicht, in ihrer Unbarmherzigkeit gegen den eigentlichen Kern des Korans zu verstoßen." „Ich denke sie nutzen die Religion nur zu ihrem Vorteil. Manche von ihnen scheinen nur religiös. Wie bei den Christen auch oder glaubst Du die Kreuzzüge könnten auch nur auf irgendeine Weise auf das Wirken oder die Lehren des Nazareners zurückgeführt werden? Was sie tun entbehrt im Grunde jeglicher Logik." „Du hast Recht, sie machen damit dem alten Zenon von Elea alle Ehre." Die beiden lachten verschmitzt. Ali verstand nicht warum.

Ali dachte immer noch über diese Worte nach, als er an einem anderen Tisch servierte. Die Bemerkungen der beiden älteren Männer richteten sich gegen die Almohaden, vermutete er. Welch unglaublich aufrührerische Lehren besprachen diese beiden da. An dem Tisch, an welchem er nun servierte, wurde Unverdächtigeres gesprochen. Ein junger energischer Mann sprach laut und mit ausladenden Gesten: „Die barbarischen Kreuzzügler mit ihrem heiligen Krieg sind gescheitert. Von Alarcos werden sie sich nicht wieder erholen und nachdem Saladin Jerusalem zurückerobert und gehalten hat, ist es nur eine Frage der Zeit bis sie aus dem Heiligen Land ganz und gar vertrieben sind." Ali blickte wieder hinüber zum anderen Tisch und sah wie der ältere Mann ein Pergament mit einem Lesestein studierte. Welch seltsame Gäste waren diese beiden Alten nur?

Nach einer Weile kam er wieder an den Tisch der älteren Herren, um nachzuschenken. "Du siehst mein Teil unserer Aufgabe die Religionen mit der Vernunft zu versöhnen scheint gescheitert. Sie werden weiter versuchen die heidnischen Philosophen ganz und gar zu verbieten und ihre Weisheit zu leugnen." Der ein wenig Jüngere ergänzte: „Tja, wir sind der Auffassung, dass man die Wahrheit akzeptieren sollte, gleich aus welcher Quelle sie stammen mag. Aber die Wahrheit zu akzeptieren, würde für manche eine Beschränkung ihrer Macht bedeuten. Das ist genau das, was sie verhindern wollen. Die Eiferer auf beiden Seiten fördern den Hass und den Krieg, denn dieser bringt ihnen mehr und mehr Macht ein." Ali erkannte, dass diese Gespräche gefährlich waren, aber zugleich ahnte er zuweilen die Weisheit in den Worten dieser Männer. Sie mussten in ihrem Leben viel erfahren haben.

Er kam wieder an den Tisch und nahm allen Mut zusammen. „Weise Männer vergebt die Frage eines einfachen Jungen. Wie kann ich zu mehr Weisheit gelangen?" Der Ältere begann: „Höre auf den Koran: ‚Denkt nach, die ihr Einsicht habt!'" und der jüngere Mann ergänzte: „Wenn du über irgendeine Frage im Zweifel bist und still hältst und zwingst dich nicht zu glauben, dass etwas Unerwiesenes bewiesen sei, und du versuchst nicht, etwas zu verwerfen, oder als falsch zu erklären, wovon das Gegenteil nicht bewiesen ist, und du trachtest nicht, das zu erkennen, was du nicht zu erkennen vermagst, so hast du damit bereits die menschliche Vollkommenheit erreicht." Ali dankte und während die Männer darüber sprachen wie sie früher in Cordoba gelebt hatten, versuchte er den letzten Satz zu verstehen. Ali hörte heraus, dass die beiden alten Männer einer Welt hinterhertrauerten, die untergegangen war. Eine Welt in der Muslime, Juden und Christen wie die einander wohlgesinnten Brüder eines gemeinsamen Vaters zusammenlebten und die Kultur zu großer Blüte gebracht hatten.

6. Das Wiedersehen der Liebenden

„Nach einer Trennung erzeugt das Wiedersehen eine Freude wie die eines Sterbenden, der plötzlich doch genest, ein Glück, welches die Seelen erhebt und wiederbelebt, denen sich durch die Trennung der Tod näherte."

Ali Ibn Al Andaluzi Hazm, Wesir des Kalifen von Cordoba: Das Halsband der Taube.

Er war um ein vielfaches aufgeregter als beim ersten Mal. Der Gedanke an sie und der in seine Erinnerung eingebrannte Anblick, als sie im Mondlicht dem Bassin entstieg, versetzten seinen gesamten Körper in eine nie zuvor gekannte Anspannung. Als er schließlich den Garten mit dem Bassin erreichte, war er völlig außer Atem. Sein Herz pochte so stark, dass er dessen Schlag am Hals spürte. Er wartete. Schließlich öffnete sich ein Tor, doch es war jenes zum benachbarten Gartenstück, in welchem er das letzte Mal gewesen war. „Nein, ich möchte meine Ruhe für einige Zeit!" hörte er ihre Stimme. Sie trat in den Garten. Er war verzweifelt. Sollte er hinüberklettern, doch das war wohl zu gefährlich, denn so viel Zeit hatten sie nicht. Sie lachte, als sie ihn auf der anderen Seite des Gitters erblickte. Ihr Lachen war das Schönste, das er je gehört hatte. Sie kam näher und er lächelte sie an. Jetzt erst sah sie wie ärmlich er gekleidet war und auch, dass er hager und verhungert aussah, doch seine Augen leuchteten wie beim letzten Mal. In seinem Blick lag eine besondere, intensive Sehnsucht und auch

eine tiefe Wärme, die sie anzog. „Heute darf ich zusehen wie du badest", sagte sie leise als sie direkt vor
ihm am Gitter stand.

Er wandte sich um und entledigte sich seiner Kleidung. Aus gutem Grund wendete er ihr den Rücken
zu, damit der Anblick seines Schosses sie nicht in Ver-
legenheit brächte. Dann stieg er langsam über die
Treppe in das Becken. Es war viel kälter als er erwar-
tet hatte und er zwang sich langsam hineinzusteigen
ohne dabei zu zögern. Einen tiefen Atemzug konnte
er sich nicht verkneifen und sie kicherte, doch es war
ein freundliches zugewandtes Kichern. Er blickte sich
um und sie lächelte ihm ermutigend zu. Er tauchte in
das Wasser und schwamm langsam und vorsichtig
durch das kleine Becken. Einmal im Wasser war es
angenehm kühl. Er wendete, schwamm zurück zur
Treppe und entstieg dem Bassin wieder, ohne dass
die Gefahr Bestand größeren Anstoß zu erregen.
Wenn auch ihre Blicke ihrer beider Herzen Bock-
sprünge machen ließen.

„Sehen wir uns morgen wieder?", fragte sie
schließlich. Er nickte und sie ergänzte lächelnd: „Auf
deiner Seite des Gitters." „Ich habe noch etwas für
dich." Er nahm allen Mut zusammen und sprach.
„Glaub nicht, ich vergäße dein, wenn du fern bist. An
was sollte ich denken, wenn nicht an dich? Die Zeit
vergeht, doch nicht meine Liebe zu dir. In ihr sterbe
ich, in ihr erstehe ich wieder." Sie sah ihn freundlich
an und lächelte. „Aus dem Zauberpferd. Meine Lieb-
lingsgeschichte." Er errötete ein wenig. „Meine
auch." Zum Abschied trat sie ganz nahe an das Gitter

heran und winkte ihn zu sich. Dann küsste sie ihn kurz und sanft auf die Lippen. Als er die Augen wieder öffnete war sie schon an der Tür, lächelte ihm noch einmal zu und ging.

7. Die Macht des Schicksals

„Ich küsste einmal so, dass ich es nie vergaß. Den Rest der Erdenzeit kann ich nicht Leben nennen."
Ali Ibn Al Andaluzi Hazm, Wesir des Kalifen von Cordoba: Das Halsband der Taube.

Gerade als er den Mauerkranz erreichte, hörte er sie im Garten. Sie sang das Lied der Sklavin aus der Geschichte vom fliegenden Pferd. „Glaub nicht, ich vergäße dein, wenn du fern bist. An was sollte ich denken, wenn nicht an dich? Die Zeit vergeht, doch nicht meine Liebe zu dir. In ihr sterbe ich, in ihr erstehe ich wieder." Ihre hohe sanfte Stimme zu hören war so wunderbar, dass er einen kleinen Moment auf dem Mauersims innehielt, bevor er zu ihr hinabkletterte. Sie wartete im Garten mit dem Bassin. So hatten sie es verabredet.

Als er unten angelangt war, stand sie bereits vor ihm. Sie küsste ihn. Nie zuvor hatte er sich vorstellen können, dass ein Kuss so sein könnte. Er machte ihn glücklich, vernebelte seine Sinne und mit leicht geöffnetem Mund ließ er sich von ihr leiten. Er ahnte in diesem Moment, dass das Liebe war, was er empfand, obgleich er dies Gefühl nie zuvor gehabt hatte. Irgendwann ließen ihre Lippen voneinander ab und als er die Augen öffnete lächelte sie ihm zu. Auch sie wusste, dass das, was sie empfand, Liebe war. Erst jetzt verstand sie all die Geschichten von der Liebe. Sie hatte die Geschichten von der Liebe gehört, doch nun war ihr klar, dass sie sie bis jetzt nicht wirklich verstanden hatte und auch nicht wirklich hatte verstehen können. Manches musste man erfahren, um es zu verstehen, es genügte nicht es zu wissen. „Sag mir Deinen Namen." „Ali." „Noushafarin." Da wurde das Tor aufgerissen. Wachen stürmten herein. „Ergreift ihn!" rief ihr Vater. „Sehr gut, Zofe. Du hast Dir eine große Belohnung verdient. Und diesen kleinen Dieb hier hängen wir auf."

„Bitte Vater verschont sein Leben! Bitte!" Seit Minuten flehte sie um das Leben ihres heimlichen Verehrers. Ihr Vater sah sich den jungen Mann an. Er überlegte. Seine Frau hatte ihn bislang überzeugt, dass ihre Tochter nicht irgendeinem dahergelaufenen Eroberer als Lösegeld zu übergeben sei. Dieses Mal würde sie überstimmt werden. „Weniges vermag ich Dir abzuschlagen. Wirst Du mir denn auch einen lang gehegten Wunsch erfüllen und Deine Mutter überzeugen, dass es an der Zeit ist, dass Du Dich mit dem Emir von Baeza vermählst?" Sie schluckte, doch sie zögerte keinen Moment. „Gewiss, Vater, das will ich tun!" Zufrieden blickte er erst seine Tochter und dann den jungen Eindringling an. „Er ist jung und kräftig. Ich schicke ihn in die Minen. Und du junge Dame zieh dich in deine Gemächer zurück und bereite dich auf deine Hochzeit vor. Diese steht nun kurz bevor."

So wurde ihre Hochzeit mit dem jungen Emir Abu Yaqub Yusuf von Baeza veranlasst. Leider verstarb dieser kurz darauf und sein Nachfolger wurde dessen Großonkel Abu Muhammad Abd al-Wahid. Um die Bande zwischen den Familien und die Stellung der eigenen Familie nicht zu gefährden, wurde sie nun statt die erste Frau von Abu Yaqub Yusuf, eine der Frauen von Abu Muhammad Abd al-Wahid, der wohl mehr als viermal so alt war wie sie. Ein Mann im Zenit seiner Macht.

8. Der alte Drache von Baeza

„Die Stunden werden Dir kaum vergeben, die Stunden, die die Tage davontragen, die Tage, die an den Jahren nagen."
Luiz de Gongora: Von der trügerischen Kürze des Lebens.

Sie saß im Orangenhain. Das Gewitter war vorbeigezogen und die Sonne strahlte nun frisch und kraftvoll herab. Das Blätterdach war erfüllt vom leichten Wind, in welchem die Blätter flirrten. Es duftete nach Orangen. Fröhlich zwitscherten die Vögel. Der Wind umschmeichelte ihr Gesicht und trocknete ihre Tränen. Die Dunkelheit des Gewitters hatte die Erinnerung an das Grauen in ihren Nächten mit sich gebracht. Doch dann kam die Hoffnung wieder zurück, wie immer, wenn sie im Garten saß. Es war die Hoffnung darauf, dass er einmal wiederkäme. Darauf würde sie warten, selbst wenn es ihr ganzes Leben dauern sollte. Nichts und niemand würde ihr diese Hoffnung nehmen können. Die Hoffnung auf die Rückkehr ihres kleinen Diebes. Es war der verträumte liebevolle Blick seiner braunen Augen, der ihr Herz wärmte und ihr Kraft gab.

Träumerisch betrachtete sie den Efeu an der hohen Mauer, sein tiefes Grün. Sie erinnerte sich daran, als sie zum ersten Mal neben ihrem jetzigen Gemahl saß. Sie hatte ein ebenso grünes Kleid und ein rosafarbenes Tuch über Kopf und Schultern getragen. Fassungslos hatte sie den alten, bärtigen Mann angestarrt, der ihr Gatte werden sollte. Doch die Fassungslosigkeit, die sie in diesem Moment gespürt hatte, war nichts gegen das Ausmaß an Schmerz und Ekel, das sie in den Nächten seit ihrer Hochzeit ereilte. Wenn der alte Dämon in den Harem kam und sie für die Nacht wählte. Sein Odem war voller Schwefel und die vulgären Worte, die seinem Munde entdrangen, brannten wie Feuer. Und Feuer erfüllte auch die Nächte, in denen er nicht da war, denn dann hatte sie Alpträume. Sie träumte von einem schwarzen Drachen, der sie verfolgte. Es war ein riesiges Biest mit großen Flügeln, spitzen Krallen, es spie Feuer aus seinem gewaltigen mit riesigen Zähnen bewehrten Maul. Rücken und Schwanz des Drachen waren mit Stacheln bekränzt. Die Krallen griffen nach ihr. Der feurige Odem versengte sie und schließlich traf sie der Schwanz des Drachen und schlug tiefe Wunden in ihren Körper.

Die schmerzliche Erinnerung hatte ihr die Augen verschlossen und eine Träne rollte über ihre Wange hinab. Doch ein warmer Frühlingswind trocknete sie noch ehe sie zu Boden fallen konnte. Sie schlug die Augen wieder auf. Und sie saß wieder unter den Orangenblüten. Einige der Blüten hatte das Gewitter gerupft. So wie sie sich gerupft fühlte. So wandelte sie des Tags durch die Gärten und Innenhöfe, spielte ihre Flucht mit Schiffen aus Laubblättern bei den Löwen am Brunnen und rannte vor ihrer Zofe davon, der sie im Gewirr der tausend Säulchen des Innenhofes entkam. Sie träumte, dass ihr kleiner Dieb zurückkam und sie stahl. Er kletterte mit ihr am Efeu hinauf über die Mauer, dann flohen sie zum Meer und fuhren davon, weit weit weg von hier. Manche Nacht träumte sie wie sie gemeinsam den alten Drachen erschlugen. In den Träumen war der Drache zwanzig Schritt lang und schlief auf seinem Goldschatz. Sie hörte sein röchelndes Schnarchen. Er schlief und sie nahm ihre Kette in ihre Hände und tapste vorsichtig zur Tür. Leise öffnete sie diese. Ihr kleiner Dieb kam herbeigeschlichen und durchschlug mit seinem Schwert ihre Ketten. Doch da erwachte der Drache. Er spie Feuer und das Schwert ihres Geliebten schmolz in seinen Händen. Dann raste der riesige, stachelbewehrte Schwanz, der wie ein Morgenstern glänzte wieder auf sie zu. Sie erwachte bevor dieser sie traf. Wenn sie Glück hatte, dann lag sie allein im Bett und schlief rasch darauf wieder ein. Wenn sie Pech hatte, dann lag der Drache neben ihr und schnarchte sein röchelndes Schnarchen. Sie blieb dann steif und wie gelähmt liegen. Jeden Atemzug machte sie dann nur vorsichtig und mied alles, was ihn hätte wecken können, denn dann konnte es sein, dass der Alte Drache ihren Körper wieder in Stücke riss. Sie lag da, mit der vagen Hoffnung das warme Braun seiner Augen in der Dunkelheit zu finden. Die Dunkelheit war drohend, aber sie schützte sie auch und in ihr verbarg sich irgendwo das dunkle warme Braun seiner Augen. Immer war in der Dunkelheit auch die Hoffnung. Sie schlummerte dahin. Er kam aus dem Dunkel im Garten, dort im Schatten konnte etwas so Wundervolles hervorkommen und sie retten. „Glaub nicht, ich vergäße dein,

34

wenn du fern bist.", hörte sie ihn sagen. Doch plötzlich lag sie wieder in Ketten neben dem Drachen und er war verschwunden. Ihr wurde gewahr, dass sie träumte. Sie nahm die Kette, schlang sie um den Hals der Bestie und erwürgte sie.

9. Im Silberschein der braunen Grube

„In Einsamkeit verirrt, verlieren sich einige, andere werden inspiriert."
Luiz de Gongora: Einsamkeiten.

Einen jeden der Jungen überkam die nackte Angst, jeden Morgen, wenn sie wieder hinein mussten in die Grube in der Sierra Morena. Sie gingen mit den Wachen still in den Berg hinein. Die Angst steigerte sich mit jedem Schritt, und hin und wieder brach einer der Jungen weinend zusammen. Manch einer überwand sich, da ihn sonst der Hunger und irgendwann der Tod erwartete. Viele starben jedoch in der Grube in den engen Seitenarmen der Mine, in die sie sich hineinrobbten und durch die sie gerade selbst durchpassten. Viele erstickten, andere wurden verschüttet, von Steinen erschlagen oder ertranken bei einem plötzlichen Wassereinbruch. Alle waren sie in ständiger Angst. Doch für ihn war es anders. Er erwachte am Morgen aus den schönsten Träumen. Er träumte von ihr. Und so umfing ihn jeden Morgen Enttäuschung und Trauer. Doch sobald sie aus dem trostlosen Lager zur Mine aufbrachen, hellte sich seine Stimmung wieder auf. Genau wie den anderen Jungen schlug sein Herz ihm bis zum Halse, wenn sie die Grube betraten. Auch er zitterte, wenn sie ihnen die Notseile an den Fuß banden und ihnen ihre Kerzen austeilten. Dann robbte er in den ihm zugewiesenen Gang. In der einen Hand die Kerze und in der anderen den kleinen Meißel robbte er sich voran und begann schließlich zielstrebig nach Erzgestein zu graben. Denn in den im fahlen Kerzenlicht glitzernden Streifen des Erzes sah er ihre Gestalt und hörte ihre Stimme. „An was sollte ich denken, wenn nicht an dich?" Jedes Mal wenn er glitzerndes Erz entdeckte, dann sah er ihre im Mondlicht hell schimmernde Gestalt aus dem Wasser steigen. Er sah ihre Konturen klar vor sich, die leichte Wölbung ihrer Brüste, über welche ihre nassen, langen dunklen Haare hinabfielen. Es funkelte ihm dort in den dunkelsten Ecken Verheißung und Glück entgegen, Begierde und Liebe.

So überlebte er, dank seiner Liebe, die die dunklen Gänge erhellte und die jeden Fund mit verstecktem Glück erfüllte und ihn bei den Vorarbeitern, welche ebenfalls Sklaven waren, beliebt machte. Auch sein körperliches Geschick half ihm manches Mal rasch genug aus einem gefährdeten Gang zu entkommen. Er lebte weiter und wurde schließlich selbst zum Vorarbeiter.

Eines Morgens tauchten wie aus dem Nichts Reiter auf. Es waren Soldaten eines christlichen Heeres, welches über die Sierra Morena nach Andalusien eingefallen war. Ihr Banner zeigte eine gelbe Burg auf rotem Grund. Sie töteten die Wachen und versprachen die befreiten Bergwerksklaven mitzunehmen und sie zu freien Untertanen des Königs von Kastilien zu machen, falls sie sich bekehren ließen. Alle anderen würden den Wachen in den Tod folgen. So frugen sie auch ihn: „Bist Du bereit Dich zu Jesus Christus zu bekennen?" Er dachte nach. Dies war eine schwere Entscheidung. Die Todesstrafe erwartete ihn im Kalifat für den Übertritt zum Christentum. Viel wichtiger jedoch als weltliche Gerichte war die Frage, ob Allah ihm vergäbe. Die strengen Rechtsgelehrten waren sich sicher, dass er dies niemals täte. Sie zeigten einem Allah als Einen, der jede Verfehlung rachsüchtig und gnadenlos hart strafte, wie sie selbst. Sein Onkel hatte ihm jedoch gezeigt, dass Allah gnädig und barmherzig war. Vielleicht würde er ihm vergeben, da Allah in die Herzen blicken konnte. Er wollte leben. Ali wusste nicht, ob Allah so war wie sein Onkel es ihn gelehrt hatte, oder so wie die strengen Rechtsgelehrten es taten. Er würde weder das Eine, noch das Andere je mit Gewissheit sagen können. Er musste mit dieser Ungewissheit weiterleben.

10. Der kleine Prinz wird enthüllt

„Die größte Herrschaft ist die Selbstbeherrschung."
Seneca: Moralische Briefe.

Im Machtkampf um die Herrschaft war der Alte
Drache von einem Verwandten erwürgt worden.
Seine Nachfolge trat dessen junger Großneffe Abu
Muhammad Abdallah an und Noushafarin geriet
dadurch in dessen Haushalt. Sie war erleichtert gewesen, als der alte Drache gestorben war. Ein wenig
schämte sie sich für die Erleichterung, die sie empfun-
den hatte und ihre nachfolgende Weitergabe an den
Großneffen des Alten machte ihr keine Angst, denn
dieser war noch sehr jung. Das Grauen der Nächte
war vorerst beendet und ihr neues Dasein begann
vielversprechend. Sie war nur einige wenige Jahre äl-
ter als ihr neuer Gemahl und er schien sich zu freuen,
dass eine der Frauen in seinem neuen Haushalt noch
so jung war. Er verbrachte recht viel Zeit mit ihr. Er
zeigte ihr seine Pferde, die er für die schnellsten und
schönsten in ganz Andalusien hielt. Er nahm sie mit
auf seine Jagdausflüge und besuchte mit ihr einige
seiner Paläste auf dem Land, die er für die elegantes-
ten und schönsten in ganz Andalusien hielt. Er zeigte
ihr die wundervolle Pracht seiner Gärten, die Blumen
und Vögel, die dort lebten, welche er auch wiederum
für die prachtvollsten und schönsten in ganz Andalusien hielt.

Oft sprach er über seine Zukunftspläne, wie er die
Christen endgültig besiegen, vernichten und weiter

aufsteigen würde, mit ihr an seiner Seite. Sie war beeindruckt von seiner Zuversicht und Selbstsicherheit. Er schenkte ihr Schmuck. Sie fragte sich, ob sie in ihn verliebt sei? Eines Tages fragte er sie, ob sie mit ihm Schatrandsch spiele. Sie zögerte, weil sie noch nie gespielt hatte und es stets nur Männer spielten. Doch er ließ sich nicht beirren und baute die Figuren, den Shah, den Wesir, die Pferde, Elefanten, Wägen und Soldaten vor ihr auf. Sie hatte zuweilen bei ihrem Vater zusehen dürfen und so kannte sie die Regeln gut. Das Spiel schritt fort. Die vergangenen Tage hatten sie in solch eine wohlige und leichte Stimmung versetzt, dass sie die Gefahr nicht sah, die sich ihr näherte. Es war nicht eine seiner Figuren, die eine Gefahr darstellte, im Gegenteil. Sie spielte so gut, dass er bereits früh in größten Schwierigkeiten war, die ihm selbst klarer waren als ihr. Sie war dabei zu gewinnen. Er verlor nie. Noch dazu gegen ein Mädchen. Sie erkannte die Zornesfalten zwischen seinen Augenbrauen nicht, da sie ganz und gar vom Spiel eingenommen war. Da warf er plötzlich das gesamte Spiel um. Sie sah ihn erstaunt an, brachte ein „Warum…" hervor, hielt aber sofort inne als sie nun seine zornigen Augen sah. Zwei der christlichen Sklavinnen sprangen herbei, um die Figuren aufzuheben. „Halt, nein. Räum du das auf!", befahl er ihr. „Aber…" setzte sie an. „Schweig und tu was ich dir befehle Weib!", schrie er. Erst jetzt ahnte sie das Unheil das über sie kam. „Auf die Knie!" Es fiel ihr schwer, sie war eine Prinzessin. Insbesondere in Anwesenheit der Sklavinnen widerstrebte es ihr sich so zu erniedrigen. Einen Moment hatte sie den Wunsch ihm ins Gesicht zu springen und ihm die Augen auszukratzen. Das wäre das Richtige, dachte und fühlte sie. Aber die Angst und Vorsicht obsiegte. Sie ging schließlich auf die Knie und kauerte auf dem Boden. Der kleine Tyrann stand über ihr und schrie sie an. „Ich bin der Herr hier. Du bist nur ein dummes Weib, nur eine meiner Nebenfrauen. Du wirst nie wieder dem kommenden Kalifen widersprechen, sonst ist es aus mit Dir. Du bist nur ein Weib und hast nichts zu sagen. Ich bestimme hier." Sie begann auf allen Vieren die Figuren wieder einzusammeln. Als sie fertig war, fuhr er fort. „Du hast keine Manieren. Ich werde sie Dir beibringen müssen. Sprich mich künftig mit ‚Mein Gebieter' an". Sie schaute auf und er nickte ihr auffordernd zu. „Ja, mein Gebieter!" „Nachdem Du offenbar nicht zur Unterhaltung taugst, möchte ich sehen, ob Du anderweitig als Weib taugst. Zieh Dich aus!" Sie starrte ihn fassungslos an. Hier, am helllichten Tag vor den Augen der Sklavinnen sollte sie sich entkleiden? Doch sie sah seinen drohenden Blick und hatte jetzt sein wahres Gesicht gesehen. Die Angst überwand den inneren Widerwillen. „Ja, mein Gebieter." Schließlich stand sie nackt vor ihm. „Nun, da haben die Sklavinnen Besseres zu bieten. Vielleicht sollte ich Dich an die Wache verschenken." Panik ergriff sie und sie sah wie er sich daran labte, wie sie litt. „Denn was macht man mit einem lahmen Falken bei der Jagd?" Sie kämpfte mit den Tränen. „Nun?" Sie konnte keinen klaren Gedanken fassen. Sie überlegte, was sollte sie sagen. Ihr eigenes Urteil sprechen? Sie riss sich zusammen und dachte an einen möglichen Ausweg. „Ich weiß es nicht, mein Gebieter." „So ist es. Du verstehst nichts davon, denn Du bist nur ein dummes Weib."

Die ersten Tage war sie fröhlich und erleichtert gewesen, den alten Drachen losgeworden zu sein und nun war sie bei jeder Regung, allem was sie tat, voller Angst, dass sie den kleinen Tyrannen in seinem übergroßen Stolz verletzen und seinen Jähzorn nochmals reizen könnte. Jedes ihrer Worte wählte sie mit Bedacht und jede Bewegung war von Angst begleitet. Er behielt sie in seiner Nähe, wies sie hin und wieder zurecht, nutzte jede kleine Schwäche, jede Nachlässigkeit sie zu strafen. Mit den Sklavinnen tanzte und sang sie nun zu seiner Erbauung. Wenn sie konnte, dann zog sie sich in dunkle Ecken der Paläste zurück. Dort fand sie im warmen Braun der Wände seine Augen, die sie trösteten und sie hörte ihn: „Die Zeit vergeht, Doch nicht meine Liebe zu Dir."

11. Auf der Ebene des Adlers

„Große Dinge zerfallen von selbst, dies ist die Grenze des Wachstums, welche vom Himmel dem unablässigen Erfolg bestimmt ist."
Lucan: Pharsalia.

Ali hatte sich nicht wirklich bekehren lassen. Keinesfalls glaubte er, dass Jesus der leibliche Sohn Gottes war und auch nicht, dass es nun drei und nicht mehr nur einen Gott Allah gab. Er wollte nur leben und er hoffte, dass Allah barmherzig war, und ihm vergab, wenn er nun einige Zeit unter Christen überstehen musste. Einige Tage waren sie mit dem überschaubaren Tross des christlichen Heeres bereits unterwegs, als eine Gruppe berberischer Reiter das Lager überfiel. Alles rannte durcheinander, hier und dort fiel jemand unter dem Schwert eines Angreifers. Ein Pferd scheute und warf einen der Soldaten ab. Dieser rappelte sich auf und stürmte auf ihn los. Immer wieder wich er den Hieben aus und schrie den Mann auf Mossarabisch an, dass er doch ein Muslim sei. Das silbern glänzende Metall nahm seine Aufmerksamkeit gefangen und wieder wich er in letzter Sekunde einem Hieb aus, rannte los und griff sich einen am Boden liegenden Dolch. Er drehte sich um, sah das herabschnellende Schwert, wich zur Seite aus und traf den Mann in die Brust. Dieser sank vor ihm zusammen. Da erschien eine größere Gruppe von Rittern und die Angreifer zogen sich aus dem Lager zurück. Erschrocken ließ er den Dolch fallen. Du sollst nicht töten. Hörte er es in seinem Innern, doch er hatte es getan und noch dazu war es ein Muslim gewesen, den er getötet hatte. Warum hatte dieser nicht von ihm abgelassen als er ihn auf Mossarabisch ansprach. Er war verzweifelt und befolgte betrübt und schweigsam die Befehle seiner neuen christlichen Herren das Lager aufzuräumen.

Der folgende Morgen brach an und alle sprachen von einer bevorstehenden Schlacht. Als die Soldaten alle das Lager verlassen hatten, folgte er den Anderen durch ein Waldstück auf einen Hügel, von welchem sich ein atemberaubender Anblick bot. Die beiden Armeen hatten sich auf jeweils gegenüberliegenden Berghängen aufgestellt. Dort auf der anderen Seite des Tales erblickte er die Standarte des Kalifen. Er war sprachlos und zutiefst beeindruckt. Nie in seinem Leben war er dem Herrscher so nahe gewesen. In der Mitte des christlichen Heeres begann der Vormarsch in Richtung Talsohle auf den Feind zu. In vorderster Linie sah er eine im Wind flatternde Standarte mit zwei Wölfen darauf. Daraufhin ging ein Pfeilhagel auf die Angreifer nieder, der viele Reiter zu Boden riss, doch der Ansturm ging weiter. Und so hörte man bald Schreie und das Krachen von Metall durch das Tal hallen. Ali war gebannt vom Anblick der Schlacht. Um ihn herum knieten die Menschen, beteten und schlugen Kreuze. Es war seltsam, beide Seiten beteten zu Gott und baten um seinen Beistand. Schließlich griffen an den beiden Seitenflanken der vorrücken-den Christen berberische Reiterverbände an. Ali war hin und hergerissen. Einerseits hatten sie als Jungen
44

immer die Armee des Kalifen gespielt. Andererseits war sein Stiefvater als berberischer Soldat ins Land gekommen und für diesen empfand er nichts als Ablehnung. Selbstverständlich war er für die Muslime, allerdings hatte man ihn für Jahre in dunklen Minen vergraben und wahrscheinlich würde man ihn dorthin zurückschicken. Der Kampf dauerte immer weiter an, bis plötzlich die glänzenden Rüstungen in der Mitte der Schlacht immer weiter vorrückten. Sie erreichten die Bogenschützen des Kalifen und machten diese nieder. Plötzlich geriet das Heer des Kalifen in Unordnung. Es löste sich ein berittener Trupp aus dem befestigten Lager des Kalifen und hastete davon. Auch auf beiden Seitenflanken des Schlachtfeldes drangen nun die rot-gelben christlichen Wappenträger immer rascher voran. Da begannen sich die almohadischen Linien völlig aufzulösen. Kurz darauf war allen klar, dass der Kalif die Schlacht verloren hatte.

Ein großer, untersetzter Mann rief ihm auf mossarabisch zu, er solle mitkommen. Er folgte dem Mann auf das Schlachtfeld. Dort befahl er ihm die Männer festzuhalten, deren Wunden er versorgte oder deren zerschmetterte Arme oder Beine er abtrennte. Oft wünschte er sich wieder in der Mine zu sein. Wieder und wieder reichte er dem Bader die Werkzeuge. Er hörte die Schreie der Blutenden. Doch an die Schreie und das Blut konnte er sich im Laufe dieses Abends gewöhnen. Schauriger waren das seltsam scharrende Geräusch der Knochensäge und der Gestank, wenn der Bader eine Wunde mit einem glühenden Eisen versengte und damit reinigte, wie dieser erklärte.

Und auch dies waren nicht die schlimmsten Zeiten. Es folgten die Tage in denen die Verletzten herumlagen oder auf Wagen mitgeschleppt wurden. Seine Aufgabe war es dann, die Männer zu versorgen. Sie gammelten dahin in ihren Fäkalien und ihr verletztes Fleisch verfaulte. Nur ganz wenige wurden wieder gesund.

Die vergangenen Wochen hatten ihn schwer erschüttert. Er war der Grube entkommen, hatte einen Glaubensbruder getötet und genug Blut, Schreie und Schmerzen für ein ganzes Leben gesehen. Einer Sache war er sich jedoch gewiss geworden. Dieses furchtbare Gemetzel konnte nicht Allahs Wille sein. Es war wieder einmal Abend geworden und an diesem Abend sehr ruhig im Lager, weil die Soldaten noch nicht wieder zurück waren. Eine der Marketenderinnen brachte ihm etwas zu essen und setzte sich lächelnd zu ihm. Schon seit Tagen hatte diese ihm immer wieder freundliche Blicke zugeworfen. Es fiel ihm im Allgemeinen schon schwer, seine Blicke von den Marketenderinnen mit ihren weiblichen Reizen fernzuhalten, ganz besonders von ihr. Er war jetzt müde und die vergangenen Erlebnisse belasteten ihn noch immer. Sie beugte sich vor und sein Blick erhaschte den Ansatz ihrer Brüste. Die meisten der anderen Männer, die aus der Mine befreit worden waren, hatten längst einmal eine Nacht mit einer dieser Frauen verbracht und auch davon gesprochen. Sie sprach leise und freundlich auf mossarabisch auf ihn ein. Sie schmeichelte ihm. Sie sagte ihm wie mutig er gewesen sei bei dem Überfall einen der Angreifer zu töten. Wie zufällig beugte sie sich zu ihm und ihre Brust berührte seinen Oberarm. Als die Frau ihn zu berühren begann, war er zu schwach, um der Versuchung zu widerstehen. Er wusste, es war falsch. Als es geschehen war, fühlte er sich innerlich leer. Der Leere folgte ein Ekel vor sich selbst. Voller Scham dachte er an seine Prinzessin. „In ihr sterbe ich, in ihr erstehe ich wieder."

12. Ein Löwe öffnet den goldenen Käfig

„Ein Zwerg wird nicht größer, auch wenn er sich auf einen Berg stellt."
Seneca: Moralische Briefe an Lucilius.

Sie bewegte sich in der Gruppe von Tänzerinnen beim Muwaschahat. Sie ließ ihre Hüften und ihren Oberkörper zur Al-ala Musik von Laute und Streichgitarre schwingen. Der junge Emir hatte mehr und mehr das Interesse an ihr verloren und dies bescherte ihr ein wenig Ruhe. Sie war nur noch eine der Tänzerinnen, und sie mühte sich, unter diesen nicht aufzufallen. Sie achtete darauf nicht gewandter, anmutiger oder eleganter als die anderen Frauen zu tanzen. Die Angst entschwand langsam, ihre Wut über die erlittenen Demütigungen und Herabsetzungen rückte in den Vordergrund. Umso stärker je mehr sie seine aufgeplusterte Fassade durchschaute und den fauligen, selbstverliebten Wesenskern dahinter erkannte. Sie bereute auf die prächtige aber hohle Fassade anfangs hereingefallen zu sein. Sie hatte sich blenden lassen und war, das musste sie sich eingestehen, ein wenig verliebt gewesen. Das hatte sie ihren kleinen Dieb einige Zeit vergessen lassen und das schmerzte sie am Meisten. Sie fühlte sich fast, als habe sie ihn betrogen. Sie dachte jetzt wieder häufiger an ihn. Doch selbst wenn sie nicht an ihn dachte, so summte sie oft innerlich die Melodie des Liedes aus dem Zauberpferd.

Sie waren wieder in einem der Landpaläste auf einem Jagdausflug mit Freunden, oder vielmehr denen, die der kleine Tyrann für seine Freunde hielt. Er umgab sich stets mit Menschen, die ihm entweder unterlegen waren, oder die geschickt genug waren sich so unterwürfig und schwach zu stellen, dass er sie neben sich duldete. Mitten im Tanz stürmten plötzlich Bewaffnete herein. Die Männer seiner Garde mit denen er manchmal lächerliche Scheinkämpfe führte, waren binnen Augenblicken allesamt tot. Die Angreifer waren in ihren Hieben schneller, kraftvoller und zielstrebiger. Der junge Sultan schrie die fremden Männer an, er verfluchte sie und drohte ihnen. Sie sollten ihm, dem kommenden Kalifen, ja kein Haar krümmen, sonst wäre seine Vergeltung furchtbar. Erst jetzt erkannte sie, dass es nicht irgendwelche Räuber waren, es waren offenbar christliche Soldaten. Einige trugen Kreuze auf ihrer Kleidung und sie erkannte das Wappen Leons, der rote Löwe auf silbernem Grund. Ein wenig Angst ergriff sie auf Grund der Erzählungen wie man mit erbeuteten Frauen umging. Der junge Sultan schrie weiter auf die Eindringlinge ein, da packte ein hünenhafter Soldat den Jungen am Kragen. Der wehrte sich, schlug wild um sich, doch der Hüne zerrte ihn erbarmungslos zum großen Wasserbecken im Innenhof. Dort tauchte er den Sultan unter bis dieser sich nicht mehr regte. Leblos blieb der junge Sultan dort liegen. Die kurze Genugtuung die sie dabei empfand, bereute sie zwar sofort, dennoch empfand sie, das was die Eroberer ihr danach antaten, als Strafe für diese innerliche Verfehlung. Ihr Verstand widersprach diesem Gefühl, denn sie konnte ja nichts für diesen Verlauf der Dinge und für ihre Empfindung. In diesem inneren Widerstreit blieb sie jedoch gefangen.

13. Die Jagd nach dem Kalifen

„Zum Schweigen gebracht, werden die Gesetze im Krieg."
Lucan: Pharsalia.

Nachdem einer der Hauptleute des Königs von Leon von Alis Geschick beim Überfall der Reiter auf den Tross vor einigen Tagen gehört hatte, nahm er ihn in seine Kompanie auf, um die Gefallenen der Schlacht zu ersetzen. Die Truppe hatte den Auftrag erhalten den Guadalquivir am Oberlauf zu überqueren, um dem gen Marrakesch flüchtenden Kalifen den Landweg vom Guadalquivir aus nach Süden abzuschneiden. Dabei sollten sie bis in die westlichsten Ausläufer der baetischen Kordillieren vorstoßen. Der Hauptmann Calderon hatte, als er Ali auswählte, auch daran gedacht, dass er ihn als Kundschafter mit lokalen Sprachkenntnissen gut gebrauchen könne. So schnell und unbemerkt wie möglich waren sie am südlichen Rand des Guadalquivirtales vorangeprescht. Hin und wieder hatten sie ihn in Dörfer und Städte geschickt um auszukundschaften, ob es Nachrichten über die Schlacht und den Verbleib des Kalifen gab. In der Region der weißen Dörfer wurde schließlich klar, dass der Kalif bereits den Guadalquivir abwärts über Sevilla und Kadis entkommen und nach Afrika gelangt war. Somit war er auch den anderen ausgesandten Truppen entkommen. Am folgenden Tag wurden sie nahe Zahara von almohadischen Reitern entdeckt und flohen in die Berge. Von Jägern waren sie zu Gejagten geworden.

Nach tagelangem Versteckspiel gaben die almohadischen Reiter auf und sie konnten diese in Richtung Zahara abziehen sehen. Calderons Männer waren hungrig, ausgelaugt und frustriert, dass sie nach ihrem Sieg in der Schlacht nun auf der Flucht waren. Schließlich entdeckten sie gut verborgen in einem Seitental nahe Grazalema einen kleinen ärmlichen Hof. Ali wurde die Aufgabe zugeteilt auf die Pferde aufzupassen.

Er blickte den Männern nach, die in breiter Front mit wehenden Mänteln auf das Haus zugingen. Ein angsterfüllter Schrei entdrang dem Haus. Aus den Bäumen hinter dem Haus trat ein Mann hervor, der rief laut zu seinen Kindern und seiner Frau: „Lauft weg!", während er den Söldnern langsam mit einer Hacke entgegenging. Juan Maria Ramirez Calderon tötete ihn. Der Bauer hatte gegen den erfahrenen Kämpfer keine Chance. Er war zu langsam und konnte die angetäuschte Finte mit dem Schwert nicht durchschauen, schlug ins Leere und wurde von Calderon enthauptet. Der Mann konnte nicht einmal mehr schreien, nur das Krachen seiner Knochen war zu hören. Mit Tränen in den Augen wandte Ali sich ab. Es gab nichts, das er hätte tun können, um sie aufzuhalten. Er war ein wenig erleichtert, dass er als Jungspund zurückbleiben musste. Dann drangen die Männer ins Haus ein und kurz darauf folgten Schreie, verzweifelte Schreie der Frau und die eines Mädchens. Er weinte vor sich hin, traurig und voller Scham. Die Schreie wurden seltener, Laute des Leidens drangen aus dem Gebäude. Irgendwann wurde es stiller. Schließlich tauchten die Männer wieder auf. Er war kurz davor zu fragen, doch die Antwort war klar. Alle waren tot. Sie hatten bestimmt sicherheitshalber alle umgebracht. Männer, Frauen, Kinder. Dann ritten sie davon. Er fühlte sich furchtbar. Dies waren arme Bauern gewesen, sicher gläubige Muslime, keine Soldaten der Gegenseite, sondern Unbeteiligte. Schuldgefühle plagten ihn. Hätte er sich ihnen in den Weg stellen sollen? Doch das wäre einem Selbstmord nahegekommen und dies war vor Allah eine schwere Sünde. Das Leben, welches Allah einem geschenkt hatte, war wertvoll. Er war noch in diesen Gedanken gefangen und blieb gegenüber den Anderen deshalb etwas zurück, als er sah, dass sie in einen Hinterhalt geraten waren. Von beiden Seiten flogen Pfeile auf die Gruppe. Er wendete das Pferd und entfernte sich so schnell er konnte, dann verließ er den Weg und führte sein Pferd im Schritt einen steilen Hang zum Fluss hinunter. Er sah sich um, konnte aber keine almohadischen Verfolger ausmachen. Einzig Calderon war außer ihm entkommen und kam ihm auf seinem schnellen braunen Hengst nach. Sie folgten dem Fluss eine Weile abwärts und schlugen sich dann wieder in die Berge. Schließlich gelangten sie nach einer Woche ausgezehrt, erschöpft und hungrig zurück zu dem Landsitz nahe Baeza, von welchem sie aufgebrochen waren. Calderon teilte Branntwein mit ihm, den abzuschlagen er zu müde und verzweifelt war. Anschließend folgte er gedankenlos Calderons Vorschlag ebenfalls eine Frau aufzusuchen.

14. Das Vorzimmer zur Hölle

„Wenn der eine von einem Regen aus Göldkörnern benetzt wird, so schneit es Wollflocken auf den geteerten Anderen."
Luis de Gongora: Polifem.

Vom Innenhof des Landpalastes aus betrat er den kleinen Raum, in dem nichts weiter stand als eine hölzerne Pritsche, auf welcher eine schmutzige Decke lag. Am Fußende saß eine Frau mit gesenktem Kopf und wusch sich zwischen den Beinen. Er trat näher, doch sie blickte nicht auf. Als sie fertig war, legte sie sich einfach wieder auf die Pritsche. Sie hatte diesen leeren Blick, den er im Krieg schon oft gesehen hatte und den alle Frauen zuweilen hatten, die zwangsweise mit dem Heer reisten. Er wollte gerade seinen Gürtel lösen, da erstarrte er. Er kannte sie. Einen Moment überlegte er, ob sie schon im Armeetross dabei gewesen war, nachdem er aus der Mine befreit worden war. Gesichter erschienen vor seinem inneren Auge bis die Erkenntnis ihn mit ganzer Macht traf. Sie war es – seine Prinzessin. „Worauf wartest Du?" murmelte sie tonlos. Da lag sie vor ihm zum Greifen nahe, die Frau von der er immer geträumt, die er immer begehrt hatte. Sie war gealtert, hatte den Körper einer reifen erwachsenen Frau. Für ihn war sie die schönste Frau der Welt. Er liebte sie. Da er immer noch nichts tat, sah sie ihn nun mit klarerem Blick aber weiterhin verständnislos an. Wer konnte er sein, dass er sie so seltsam ansah? Sie bekam Angst. Kannte er sie von früher als sie noch von hohem Stande war? Die Scham kam zurück, die sie mittlerweile schon fast vergessen hatte. „Was...?" brachte sie stammelnd hervor. „Für mich ist es leicht Dich wiederzuerkennen, denn du bist ganz genau so wie bei unserer ersten Begegnung." Da erkannte sie seine Augen, die sie wieder so lebendig und liebevoll ansahen wie damals und sie spürte dasselbe Kribbeln in ihrem Bauch. Kraft und Spannung kehrten in ihren Körper zurück. Sie richtete sich auf machte eine Bewegung auf ihn zu. Doch dann überkam sie die Scham. Sie drehte sich um und begann zu weinen. Er kam zu ihr und nahm sie in den Arm.

Schließlich sprach sie zu ihm. Sie erzählte von ihrer Scham und der Schuld, die sie empfand. Doch er sagte ihr, dass nicht sie sich schuldig fühlen müsse, sondern er, der unter diesen Umständen zu ihr kam. Sie traf keine Schuld, denn es war nicht ihre Wahl, doch er hingegen, er trage die Schuld eine Frau in ihrer Lage aufzusuchen. Jetzt da er ihr Schicksal verstand, glaubte er, dass auch die Marketenderinnen, so sie eine Wahl hätten, wohl etwas Anderes mit ihrem Leben anfangen würden, wenn sie könnten.

Ali und Noushafarin freuten sich an der Gegenwart ihrer Stimmen und ihrer Blicke füreinander. In ihren Herzen schien nur ein Tag vergangen zu sein. Sie saßen lange beisammen, erzählten einander ihre Geschichte, und immer wieder stellte sich ihnen die Frage, ob es eine Möglichkeit zur Flucht geben könnte. Gab es vielleicht einen Weg in die Freiheit?

15. Das Wagnis der Liebe

"Leben willst du? Kannst du das denn?"
Seneca: Moralische Briefe an Lucilius.

Nachdem er bei ihr gewesen war, war es für sie zugleich leichter und schwerer, das zu ertragen, was ihr widerfahren war und noch immer widerfuhr. Einerseits hatte sie nun wieder Hoffnung und die Liebe zu ihm gab ihr Kraft und Leben zurück. Doch andererseits war das, was sie tun musste, nun schwerer zu ertragen. Der dumpfe Schleier der Teilnahmslosigkeit und Abgestumpftheit war verschwunden. Sie hatte gelebt wie in Watte eingepackt und nun war alles wieder klar und hell, zugleich waren die Schmerzen, der Ekel und die Scham wieder da und trafen sie mit voller Wucht. Jeder Mann, der sie angerührt hatte, war nun wie eine Entweihung. Es fühlte sich an wie ein erzwungener Ehebruch. Das Gefühl der Schändung war wieder da.

Ein Tag war vergangen. Er trat wieder ein und sie sah um vieles gequälter aus als beim letzten Mal. Vielleicht weil er so spät kam. Vielleicht hatte er auch die Spuren ihrer Entbehrungen und Qualen beim ersten Mal übersehen. Er fragte sich, ob sie es schaffen würde je hierüber hinwegzukommen und ob er selbst darüber würde hinwegkommen können und innerlich stark genug war. Doch die Liebe in ihm fragte nicht nach solchen Dingen. Er wusste, dass die christlichen Truppen sich zum großen Teil zurückzogen und sie würden alles, was von Wert war, mitnehmen.

Das galt auch für die Frauen, Tänzerinnen und Sklavinnen des jungen Emirs. Er hatte einen Plan und sie würden es versuchen.

„Zuweilen verspüre ich den Wunsch zu sterben." Offenbarte sie sich ihm. „Dann müsste ich mit Dir sterben. ‚In ihr sterbe ich.'" Sagte er. Dennoch wussten beide, dass es eine schwere Sünde wäre und sie glaubten fest an Allah und an ihre Liebe. „‚In ihr erstehe ich wieder.'" Antwortete sie. Sie wollten es wagen. Bald würden alle Frauen aus dem Landsitz abtransportiert werden. Auf einem Wagen mit Gepäck und anderen Dingen. Einige Soldaten würden noch kurze Zeit verbleiben, um den Rückzug der gesamten Armee zu sichern. Er würde sich in einem großen Transportkorb verstecken und mit auf den Wagen laden lassen. Sobald die Gelegenheit da war, würde sie singen – das Lied der Sklavin. Dann würde er mit einem Dolch aus dem Korbe steigen und die Wachen auf dem Kutschbock von hinten überwältigen. So zumindest sah es ihr Plan vor.

Sie beteten gemeinsam. Das erste Mal seit langem betete Ali wieder offen. Im Heer hatte er seine fünf Tagesgebete stets insgeheim in Gedanken und sehr kurz gehalten. Sie dankten Allah dafür, dass sie noch am Leben waren. Sie baten Allah, um Gnade und Barmherzigkeit wegen ihrer Verfehlungen, und um Hilfe für ihre Zukunft. Schließlich nahmen sie wieder einmal Abschied voneinander, schweren Herzens und mit Tränen auf ihren Wangen.

16. Das Schicksal in den eigenen Händen

"Zu leben heißt zu kämpfen."
Seneca: Moralische Briefe an Lucilius.

Es kam der Tag der Flucht. Die Sonne stand bereits mitten am Himmel, als einer der Wachleute herein- kam und sie auf mossarabisch ansprach. „Anziehen und mitkommen!" war alles was er sagte. Sie hatte Angst. Er würde sie heute befreien wollen. Wieder war es die dritte Begegnung, dachte sie, wie damals als er verhaftet und sie verheiratet wurde. Würden sie wieder scheitern? Sie folgte zögerlich der Anweisung. Schließlich wurde der Wachmann ungeduldig. Sie folgte ihm nun eilig hinaus und wurde auf einen Lei- terwagen gehoben, in welchem noch fünf andere Frauen bereits auf großen Kisten und Körben saßen und sich unterhielten. Es waren die Tänzerinnen. Ihr Gespräch verstummte, sobald sie auf dem Wagen war. Sie hatte sich mit ihnen gut verstanden. Oder hatte sie sich das nur vorgemacht? Der Wachmann stieg ebenfalls auf und setzte sich auf den Korb, den Ali ihr beschrieben hatte. Dort saß er nun fest, denn den Deckel mit dem darauf sitzenden Wachmann zu öffnen wäre nahezu unmöglich. Vorne auf dem Kutschbock saß der zweite Wachmann. Dann fuhr das Eselsgespann los.

Sie hatten den Landpalast längst hinter sich gelas- sen. Auch die nahegelegenen Dörfer waren bereits hinter Hügeln verschwunden. Der Wachmann blieb dort sitzen, auf dem Korb. Sie hatten Wälder durchquert und erreichten nun einen kleinen flachen Flusslauf, an welchem alte hohe Bäume standen. Langsam zerrten die Esel den Leiterwagen durch tiefen Kies. Aus ihren Träumen wusste sie, eine Prinzessin, die darauf wartete, dass der Prinz auftauchte, der sie aus den Krallen des Drachen reißen würde, konnte leicht auf immer und ewig beim Drachen bleiben müssen. So beugte sie sich vor und ermöglichte dem Wachmann einen Blick auf ihre Brüste. Er sah sie an. Sie lächelte zurück. „Komm her!" befahl er auf mossarabisch, doch sie bemühte sich um einen koketten Blick, lockte ihn mit dem Finger, lehnte sich zurück und öffnete ihre Beine. Da stand er auf. Sie begann zu singen, so laut sie konnte, während er sich zwischen ihre Beine kniete. „Glaub nicht, ich vergäße dein, wenn du fern bist. An was sollte ich denken, wenn nicht an dich? Die Zeit vergeht, doch nicht meine Liebe zu dir. In ihr sterbe ich, in ihr erstehe ich wieder." Die anderen Frauen waren zum Glück so überrascht, dass sie erst schrien als Ali dem Mann einen Dolch in den Rücken gerammt hatte. Dieser schrie um sich schlagend auf und traf Ali im Gesicht, so dass der auf dem Boden landete. Der Mann auf dem Bock blickte sich um und blockierte die Räder. Der Wachmann vor ihr richtete sich auf und zog sein Schwert. Sie sah den Dolch in dessen Rücken stecken, stand auf, packte ihn und zog ihn heraus. Der Mann drehte den Kopf, während sie zustach. Sie sah den ungläubigen Blick des Mannes. Und sie traf diesen in den Hals, so dass er röchelnd zu Boden fiel. Ali griff sich das Schwert. Der

60

zweite Wächter stieg nun hastig mit erhobener Waffe vom Kutschbock auf den Wagen und näherte sich schnell. Doch eine der anderen Frauen streckte ihm ein Bein in die Quere, so dass er stürzte und Ali ihn mit dem Schwert des toten Wachmanns im Genick traf.

Sie fuhren bis zum folgenden Morgen immer dem kleinen Gewässer flussabwärts folgend an den großen Strom des Guadalquivir. Dort nahmen sie nur die Maulesel mit über den Fluss. Der erste Schritt in die Freiheit war gelungen. Dann folgten sie dem Gudalquivir abwärts und trennten sich von den anderen Frauen in der Nähe von Jaen. Ali und Noushafarin flohen weiter nach Süden in die Berge der weißen Dörfer.

17. Von Eicheln und Schweinen

„Solange das Schicksal es erlaubt, lebt froh!"
Seneca: Der rasende Herkules.

Ali brachte sie in das abgelegene Tal bei Grazalema, in welchem er mit den Soldaten gewesen war. Dort bat er sie in einem Eichenwäldchen zu warten. Der Boden war von reifen Eicheln bedeckt. Er fand den kleinen Hof unbewohnt vor. Von den Toten waren nur Skelette verblieben. Er sammelte die weißen bleichen Knochen aus dem Gras. Irgendwoher kam der krächzende Laut eines Geiers und für einen Moment hörte er in seinem Innern die Schreie wieder. Ihre Stimmen klagten ihn an. Schuld und Trauer umfingen ihn. Einen Moment stand er wie erstarrt vor den Überresten der Bauernfamilie. Über ihm kreisten die Aasfresser. Dann sammelte er weiter die Knochen ein. Er begrub die Skelette in einzelnen Gräbern. Dann sprach er: „Im Namen Allahs. Ihr Grab möge ihnen weit sein. Gib, dass diese Toten mit dem Propheten vereinigt werden, Allah. Wenn sie Wohltäter waren, vermehre ihre Wohltätigkeit; wenn sie schlecht gehandelt haben sollten, vergib ihnen, hab Erbarmen mit ihnen und lass ihnen ihre Sünden nach. Und vergib auch mir schwachem Sünder. Allah erbarme Dich." Mehr hatte er nicht von den Beerdigungen behalten, die er als Kind erlebt hatte und so wusste er nichts weiter zu sagen.

Sie würden behaupten, dass sie die Tochter der Bauernfamilie sei und ihn zum Mann gewählt habe.

Ihre Eltern und Geschwister seien erkrankt und verstorben. Es war gefährlich, aber offenbar war lange niemand mehr hier gewesen. Der Krieg hatte diesen Ort womöglich für einige Zeit zu einem vergessenen Ort gemacht. Sie würden dieses Risiko eingehen müssen.

Stunden später führte er sie durch die Bäume vor das Gehöft. Er hatte etwas Angst, sie zu enttäuschen. Früher lebte sie in Palästen. Dann sagt er. „Hier werden wir leben!" Sie strahlte ihn daraufhin an. In den folgenden Tagen fing er einige ein wenig verwilderte kleine schwarze Schweine ein. Er begann Zäune zu reparieren. Sie sammelten gemeinsam Holz, Beeren und Nüsse für sich und Eicheln für die Schweine. Zusammen streiften sie durch die noch herbstlich warmen, sonnigen Eichenwälder und sie lächelte ihm zu: „Jetzt darfst Du für immer behalten was Du einst in Cordoba gestohlen hast." Sie nahm seine Hand, drückte sie an ihr Herz und küsste ihn.

ENDE

Anmerkungen des Verfassers.

Neben den Zitaten berühmter Dichter und Denker Cordobas zu Beginn jedes Kapitels, ist Kapitel 5 unter anderem eine Collage aus Zitaten, welche Maimonides (Ben Maimon) und Averroes (Ibn Rushd) zugeschrieben werden, die ebenfalls mit Cordoba verbunden sind. Dies Werk widme ich meiner Frau. Es ist von unseren Andalusienreisen inspiriert.